左肩がしづかに

祐徳美惠子歌集

青磁社

左肩がしづかに＊目次

カバー装画　岡本省吾「彩雲Ⅰ」
装　幀　花山周子

祐徳美恵子歌集

左肩がしづかに

手放すは安らぎならむ裸木がゆふおほぞらの彩雲を抱く

アポロン

朝光に長い影となり歩きゐる頭は天空に半分呑まれて

給油所にアポロンのロゴまだ残り海辺の町はゆふぐれの底

思ひ出が檸檬色して戻りくる関東平野に火球降る夜は

白いシャツしまひてをれば秋天の頭上をはるかミサイルが飛ぶ

死を思ふ人いくたりか時雨するスクランブル交差点を渡れば

弧がふたつ交はつてゐる三日月と今宵見てをり遠く離れて

カンナ

白鷺は水辺の草地に吹かれつつ時の裂け目に声なく佇てり

夏至の夜は白磁の皿がうつくしい　予感にみちて月のぼる見ゆ

夏草を刈りしひと日の夜の湯に射干のひとひら髪より落つる

眦のはしを焦がして迫りくる血痕ならず鶏頭のはな

悲しみを白紙のやうに燃やしてよカンナの赤が群れ咲く夏野

まなかひに蜻蛉いくつ音もなく瞬きのごときらめきて去る

黄砂

日豊線豊前松江は海のそば旧い駅舎に潮風が吹く

山脈は黄砂の奥に隠されてだあれもゐない世にあるごとく

権力が捩ぢ伏せてゆく息遣ひ迫りてきこゆ黄砂の向かう

廃校に松葉海蘭萌えたちてひかりのなかにさざなみとなる

どの旅も終はりはきつとやつてくる黄蝶は土の匂ひ嗅ぎながら

人生にふたたび出逢ふブラームス小澤征爾に憑きて惑はせる

夏の火薬

庭樹々のふかい碧さに生れ出でて姫鍬形が玉のごとくゐる

蟻塚を壊してをれば驚いた蟻がしばらく砂に揉みあふ

岩肌に取りついてゐる抜け殻は乾ききりたり戦死者のごと

空爆と破壊の続く映像にずたぼろとなるいちまいの空

戦場のウクライナの子のまなざしが世界の記憶となりてゆく春

ひとつかみ山椒の実を漬けておくひそかな夏の火薬のやうに

火が問へば

朝露で濡れた車体にびつしりと花梨のはなが貼りついてをり

晩秋のルビーのやうな枸杞の実を採り逃したり鳥が嗤ふぞ

落葉せし木の静けさを胸に溜めレントゲン画像の中のわたくし

この家にかつて竈のありし場所いま山茶花の花が零れる

病床の幼き耳に怖かりき鉄瓶に湯がたぎる颪の日

火が問へば闇はじくじくと応じつつ神楽がつづく歳晩の夜

山茱萸の花咲くあたり風冷えて苦海浄土のごときしづけさ

極彩色

誤爆され炎上してゐる旅客機を画面にのこし夜空見てをり

夜空へと吸はるるごとくたましひは極彩色の尾を曳きてゐむ

土塊のやうにしづかに山鳩が刈田見てをり風なき昼の

座布団の虫食ひ跡はひとひらの楓にかへて刺繡に刺さむ

星空がしだいに朝焼けになつてゆく空港に娘を見送りてをり

細き首筋

しらじらと染井吉野が濡れるなか画面がなんども空爆映す

列島の細き首筋狙はれてゐるかもしれず吹雪さへ襲ふ

リュウグウノツカイ不可思議深海を彷徨ふ過去世の乙女のごとく

被災地のアジアに煉瓦を作る子ら大人のやうな苦い眸をして

水滴をどる

呆気なくひとはいのちを失へり風に隠るる蜻蛉のごと

（九州北部豪雨）

ダイジョウブダイジョウブとぞ来て啼ける山鳩のこゑ亡父（ちち）がかさなる

霽れてゆく夕立ちのなか蜘蛛の巣に懸かりしばかりの水滴をどる

飴いろの琥珀のなかに囚はれて蜂の姿のいのちがひとつ

冷蔵庫にゴム手袋が冷えてゐて見知らぬわたしが置いてゆきしか

山頭火をらむ

あるだけの米しみしみと磨ぎてゐる山頭火をらむ月あかき夜は

北斎の「男浪」「女浪」はさびしい絵蒼い怒濤が永遠に鎮まらず

遠き日の肥後手毬唄いきいきと勝ち気な友が毬くぐらせて

耳底にいまも寂しく残されて五木の子守唄亡父（ちち）がうたひき

野葡萄が淡く色づく木の下に猫と聴いてゐる秋の雨音

潦

ひとつ避けひとつ跨ぎて潦(にはたづみ)さびしい夢を見てしまひたる

和蠟燭の炎さざめくゆふぐれは過去世のだれかと触れた気がする

押し切ればごぼんごとんと俎板を落ちて転がるれんこんだいこん

疎ましさ振り払はむと刈りし茅また伸びてゐる秋陽にむんと

一掻き一掻き秋の地表を漕いでゆく車いすマラソン選手の腕（かひな）

ささくれ

『山月記』の李徴によく似た男ひとり紛れてをらむ秋葉原交差点

釣銭を渡してくれる人の手のささくれ不意にこころを醒ます

遠雷が近づくごとく慴れゐし中村哲氏の訃報に遭ひぬ

曇天を洩るるごとくにあらはれて鳥の群が刈田を覆ふ

人の名前思ひ出せないもどかしさ宥めて猫のしつぽそよめく

紅葉を仰ぎつつ石段を降りゆけば異郷のやうな集落が見ゆ

その鼻濁音

風景が歪んだままに耐へてゐる苦しみびとの賢治の絵には

賢治の絵「日輪と山」いつぱいに涙を溜めた眼を想ひたり

果実酒が照り翳りして本当のわたしのこころを射ぬくときある

傷心の声といふものあるならばエディット・ピアフその鼻濁音

雪原を歩き続けた日の記憶よみがへりくる雪に雪の味して

夏の鼓動

地下水を使ふ暮らしのこの家はみづの匂ひがそこここにとする

樹の下に夏の鼓動があるごとく天牛虫(かみきりむし)のしろき星の斑

瑠璃色のまぼろしのごと翡翠が山国川のせせらぎ渡る

囀り上げて泣いてゐたのはなぜだらうアカショウビンが木魂する夏

アキアカネ

夕映えの風におもてと裏あらむ煌めきながらアキアカネくる

蜻蛉が去りたるのちの天空に二日の月はひかりましくる

氷片の音なつかしみ聴くゆふべ記憶のなかに人いきいきとゐる

縁側に坐つて居れば亡父(ちち)なのか山鳩なのかそつと来てゐる

薪能「安達原」は闌けてゆき般若は氷の哀しみ零す

彩雲

雨の日の投函口に蜘蛛の糸払ひのけつつ歌稿を落とす

旅人がそつと吐息を置くやうに駅のピアノを奏でては去る

大寒の卵の黄身は盛り上がりうつらうつらといのちがねむる

ここはどこの出口だらうか陽を負ひて無人直売所に花降りかかる

歌詠むはこの世を生きていく手立てそらに彩雲のひろがりが見ゆ

月と螢

懐かしい誰かが側にゐるやうに月と螢が来てゐる庭に

樹と土と息づきてゐる庭に来てほたるが今宵われにまつはる

山口の「五橋」旨しと人酔へり五橋はいづくへ渡せる橋ぞ

分かつてゐたこと確かめて雨の日の紅葉の階段踏みつつ帰る

細胞のどこかに棲みて唐突に懐かしき声からだを廻る

桃を分けあふ

今日ひと日降るのだらうか鳥たちと雨聴いてゐる明け方の雨

姫島に白塗り小ぎつね舞ふ宵は記憶の壺がぐらり傾く

（大分県姫島村）

先のこと分からぬわれと今日のこと分からぬ母が桃を分け合ふ

終はらない思ひはつづきひぐらしが空を茜に湧きたたせをり

黄落の森を巡りてゐる鳥がわれを急かせる夢の中にて

儚きもの

葱よりも葱の香にたつ野のノビル摘みて帰れば冬の夕茜

葉の先に雫のままに凍りたる儚きものに光り射し初む

窓際に練習プリント並べ置くアンモナイトの化石ものせて

百人の少女の爪の点検をなしたる夜のはなびら無尽

洗ひあげ陽に晒さるる辣韮（らっきやう）がたまゆら見せる骨片のいろ

朝焼けのひかりの中に鳴き出でて蟬は懐かしい声連れてくる

哀しみの置きどころいまだ分からねど今年酷暑のひぐらしが鳴く

老い母が子につくづくと我儘を言ひをへし夜のいのちは点る

コスモスの道

泣くでなく笑ふでもない母の顔映して窓辺に紫陽花が咲く

車椅子に母を乗せゆくこんな日が来るとは知らずコスモスの道

さういへば妹の乗りたる乳母車に従きつつゆけり夕焼けの道

甘やかな記憶のひとつ乳母車押す母の手が美しかりき

縦書きの文字

また痩せた母の後姿を押してゆくひかりのなかのネコヤナギまで

薄墨の空よりほたほた縦書きの文字したためるごとく雪ふる

樹の蔭におどろくわれと雉鳩が息を合はせてそつとはなれる

肢ほそき少女がペダルに踏みゆける朝のひかりがのびる舗装路

人ならば多分じれつたい風にゆれ馬酔木の花は下向いたまま

朱漆の椀

寝たきりになりたる母は唐突に「連れていつて」が口癖になる

問はれれば謎に墜ちゆく母とゐてここより他に行く処なし

多発性骨髄腫とは治るのか深夜ネットの森を彷徨ふ

洗濯機いくども廻す真夜中は介護のなかに溺れてしまふ

古伊万里の華やぐ小皿にのせてだす見てゐるだけの母のお膳に

この母に最後かもしれぬ白粥は朱漆の椀にわづかひと掬ひ

糠の匂ひしてゐた母の白い手は追憶のなかの眩しいひとつ

鳥にも魚にもあらず

おほかたの記憶なくしし母なれどわたしを見つけ名を呼びくるる

言はずゐるこころの音色を聴き分けて母は百合の花を見てをり

何処からか樗の花が降りかかるこの身鳥にも魚にもあらず

息ふかき歌声のやう朝光(あさかげ)に香りをはなつ大楠の樹は

梢には雫がたわわこんな日は神の吐息が聴こえて来さう

夕映えの函

枕辺に膨らみやがて百合がさく莟が四つと母は数へる

一匙も食べなくなりて澄む声にオハナキレイネなどと母が言ふ

「食べなくてもういい」と母はまだ動く右手に髪を整へてをり

また秋に出逢ひたる身ははや冷えて母の小さな足の爪切る

今日ひと日母のいのちを見届けて帰れば庭は夕映えの函

ひとつ白鳥

泣き終へて病室に戻るいもうとは湖面を漂ふひとつ白鳥

陽のなかを欅紅葉が土に散る母と別るるこの世の辻に

母の寝顔見て帰る夜の中空に慈眼のやうな大き月見ゆ

戦中を生きたる母の箪笥には防空頭巾が仕舞はれてをり

消灯し母に添ひ寝する病室は宙ゆく舟のやうにも想ふ

山茶花

痙攣が母を貫き終はるまで抱き留めてをり腕と其のいのち

暁闇にひとり祈りてをりし母最期の言葉は聞き取れざりき

手をさすり足をさすりて囲むなか最期の息を引き取る母は

病み果ててこんな体になつてゐた母のお骨は拾ひもあへず

山茶花の秀つ枝の花の揺れをれば母かとおもふ狭庭極月

母の遺影ほのかに笑ふ雪がきてさくらが散つてほのかに笑ふ

こちらこちら

祖たちのとほき宴を想ひたり朱のさかづきが筥より出でて

どのやうな人だつたらう曾祖母の手に結ばれし紐を解きつつ

朝光（あさかげ）の鳥居の奥にまた鳥居こちらこちらと鳥がいざなふ

出征も病死もありしこの家に在りつづけたり大いなる樫

檜葉の樹は雨の雫がよく似合ふ滴滴として悲を降り注ぐ

庭に立つ祖父の形見の檜葉の樹に野鳥よくきて樹影に潜む

母の笹舟

薄明の朝をひばりの啼き澄みて還らぬ人の声憶ひ出す

父が眠る墓苑をつつむ菜の花が風に匂ひぬここ此岸なり

母と見し真昼のさくら眩しかりきあの日より母死に近づきぬ

死にゆくは死の勢ひに乗ることかそと手放しぬ母の笹舟

額縁を草書の文字は抜け落ちてさらりはらりと楓ひとひら

雪の声

山桃の樹の瘤ならず山鳩がしづかにをりて呼吸を分かつ

いくたびも遺影に向かふ雪の日は雪の声聴くむかしむかしの

亡き母が母の声にて逢ひに来る夢の廊下は寂びさびとして

週末は月明かり浴び眠らむか難民のごと子を掻き抱きて

樗

墓石には樗の花がわれよりも先に来てゐるうす紅いろに

気丈なりし祖母のやうなる山桃の樹が生ひ茂る夏空に濃く

鵯が朝からなにやら急き立てるまだできてない支度いくつか

出遭ふなら夕化粧の咲くこんな道わかく逝きたる曾祖母をらむ

椿ばかり描きたる画家の椿の絵いつも一輪　埋もれ火のごと

あの嗄れ声は

素麺の束を摑めば失ひし母の手のやうしんとつめたい

この世には繫ぎとめ得ぬものばかり金木犀は花降り零す

覚め際をなぜか急かされ戸惑ひぬ見知らぬ優しい家族たちゐて

途切れつつツクツクホーシ鳴く空のあの嗄れ声は誰だつたらう

あの夏の停留所には立ち枯れの向日葵ありき傷痍兵をりき

星月夜

朝霧の底に目覚めて聴きをればいよいよ潤む山鳩のこゑ

気がつけば父親ゆづりの箸遣ひしてゐる右手　宙を漂ふ

細やかな視線に辿るごとき短歌（うた）残して医師はこの世より去る

あの笑顔にもう逢へぬなり口ごもるテノールの声耳底に残し

もういいかここでいいかと秋の日の蟷螂がゐる亡母（はは）かもしれぬ

麦蒔きて麦踏みまでの星月夜木枯らしのうたを聴きて眠らむ

左肩がしづかに

神域の楠の巨木は仰がれてひと撫でゆくに黝き瘤もつ

晩秋の晩白柚の垂るる実に潮騒のごと黄は充ちてくる

覚め際のすこし冷たい左肩がしづかに亡母（はは）と話してゐたり

思ひ出を切子グラスに透かしつつ三人姉妹それぞれに、躁

見覚えのある文様はいつの日の悔しみならむ夢に糺される

秋の日を追ひて干しおく座布団に陽が揺れてをり母がゐた場所

憶ひ出のひと抱きしめて発ちたるや夕日の美しき贄波（にへなみ）の海

（宮崎県贄波海岸）

藤色

「藤色の上着を出して」と亡き母が夢に言ひたり肌さむき朝

雨粒が若葉をぬらしゆくときに羽化するまへの蟬か蠢く

モナ・リザの背後の昏い風景は生まれる前にみてゐたやうな

戸を鎖さず行き来してゐた暮らしぶりほんの前まで此処にはありき

死ののちもここに立ちたい咲く花のにほひも冷えてゐるやうな庭

くちなは

夕映えの遥かな声に呼びだされうつとりとゐるわれとくちなは

天空が夕映えるなか地の上にくちなは銀のうろこを染めて

近寄りて見つめ合ひたりくちなはと人間われに言葉は要らず

秋天に稲穂はすべて刈り取られわがしろがねの蛇見当たらず

もはや逢ふことはなからむ三日月の白い炎が燃えてゐし空

しろがねのあのくちなははは失ひし我が亡母(はは)ならむおつとりとゐて
子とふたり月蝕の空見上げをりともに出逢ひしたましひふたつ

ペルセウス座流星群

空爆とテロと熄まざる地の果てをペルセウス座の流星が過ぐ

八十人子らを乗せたる旅客機の墜落現場に絵日記もあり

空爆に多く人死ぬこの夏に来て飛ぶ緑金の尾を持つ蜻蛉

樹の陰にママコノシリヌグイ痛さうな棘を隠して細く絡まる

葉の裏のアオバカゲロウ羽を閉づ深く沈めし記憶のやうに

手に折れば茎がすぐさま黒くなるタカサブロウは気鬱の薬

地中にて深く眠りてゐし螢今宵の空を光りつつ飛ぶ

声もなく漂ふ螢光りつつ誰に逢ひたいか誰を探すのか

うつくし谷

たましひになつたら往かむ地図にある紅葉谷からうつくし谷へ

（大分県耶馬溪）

途切れつつ細くつながる旧道の地蔵峠に螢湧くといふ

忘れもの忘れたるまま辻にたつ朴の白花ほうと見上げて

前世に見てゐしやうな森の闇シイノトモシビタケの標識

分校の朝の日課にはなびらを掃きためて燃す数日ありき

月の囁き

些事のみを捌き終はりて暮れる日々満ちて欠けゆく月の囁き

忘れゐしこと蘇る山茱萸の花のあたりは風がひかりて

追憶の影絵のやうにやつてきて羽黒蜻蛉が連れてくる夏

父親のやうに謐かにそこにある金木犀よ金の花溢ちて

もう文を書けなくなりてゐし父が封書一通遺してをりき

抽斗のわたくし宛ての封書には文字が書かれぬ便箋二枚

薩摩芋の蔓絡みゐるキッチンの窓より覗く今宵の月は

匙加減

花の芽のとどめがたきに瞬きし五百羅漢のひとりあらずや
（大分県羅漢寺）

冷たさと優しさ微妙に嚙みわける舌をもつなり職場にあれば

厳しさの匙加減ときに狂ひつつ母を黙らせいもうとを怒らせて

端末を披いて見せるその人の胎児はいまだ勾玉のやう

人身は深海の底の針のごと得難しと言へり寂聴さんは

不器用

楠の樹の匂ひに気づくはつなつは気丈な祖母のゐる気配する

木漏れ日のやうにさゆらぎ這ふものを蛇と気づくまで眼は愉しめる

不器用にかべちよろ*の子が逃げてゐるアルミのバケツに水張りをれば

＊北部九州あたりの方言でヤモリの呼称

彼岸鰤まるく太りて黄を帯びる「何んだつて喰つてきたんだ俺は」

赤い実の名はナナカマド　ありし日の君が教へしゆゑに忘れず

攫はるるごとく

茜さす冬夕空に攫はるるごとく逝きたり若きいのちが

転落死せし君のこと暫くはあかねの空に蔵ひておかう

筆圧の強い答案は君のもの面影いまも真直ぐなまま

てのひらに包めば冬の木枯らしが聴こえてくるか赤楽「熟柿」

濡れるならこんな雨がいい渓流にほつほつと沿ふ梅の花明かり

（大分県山国川）

十一面観音

苦しみびと憶良が詠める万葉の人のくらしを想ふ草生に

里人に護られて来し千年を菩薩は佇てり花のごとくに

（滋賀県石道寺）

くちびるに平安の紅を残しゐる十一面観音乙女のごとく

み仏はみなうつくしき指もてり指の先より月光が来る

胎蔵界曼荼羅のなかの一輪の蕾のやうにまた生まれたし

蠟梅が雨の中にて雫する春の朝(あした)のよろこびひとつ

隕石

アジア系四肢もつわれに香りゐるパレスチナ産オリーブ石鹸

フェアトレードの更紗の布を裁ちゆけばアジアの甘い香が充ちてくる

隕石がロシアの氷湖に墜ちしとぞパンにアボカドディップ塗りをれば

築城基地の周りはおほく果樹園の拡がりありて秋の日に照る

低空飛行の轟音をくぐりて街へゆくメタセコイアの木立を抜けて

獺祭は子規の俳号　山口の辛口の酒　獺祭愉し

つづまりは女は男の声に酔ふ焼酎あたりかあの人の声

ネジバナのほそき螺旋が今宵わが机上にありて文を書かせる

六月の雨

野いばらの蔓が搔きさぐる曇天をくぐもるこゑに鳩が呼びあふ

緑いろにひかる目をした雉鳩が首かたむけて近づきて来る

どくだみが地を這ふやうに匂ひきてくちなはいろの六月の雨

祝祭のやうにカタバミが起ちあがる雨後二日目の庭土の上

有線のくぐもるこゑが伝へ来るじあえんそさんすい次亜塩素酸水

甘夏と手作りマスクが隣り合ふ初夏の市場に誘はれてをり

雨ののち樹木いきほふ梅雨空を小さな影の黒揚羽ゆく

昭和の夏日

木製の冷蔵庫には濡れひかる氷がひとつ昭和の夏日

板摺りの胡瓜の上のてのひらが昭和の夏の母につながる

振り向けば雨に濡れながらはつなつの乙女のやうなヒメジョオン咲く

ルソーの絵の密林の中を分けゆけばゐるかもしれぬ本当のわたしが

皮膚一枚うちなる闇をよく識らずときに哀楽の響いてあれど

膝つけば骨の鳴りたるゆふぐれは傀儡の姫がため息をつく

庭土に黄なる硬き実転がりぬごとんと榠樝(くわりん)ごとんと孤り

弥勒

子とふたり時雨の御堂に佇めば弥勒は永遠のほほゑみ持てり

（京都市広隆寺）

臓器売るビラが貼らるる街角にカメラが入る秋風のごと

難民の売りたる臓器はどこへゆく寒きたましひ遺したままで

アジア系実習生が植ゑつけたブロッコリーが土を覆ひぬ

雨の日も野菜の苗を植ゑてゐた若く寡黙な異邦人たち

コロナ禍の紅ひくことのなき日々に自分の顔が思ひ出せない

感染の死者殖えてゆく晩秋を宙へとクルードラゴン翔ける

採血をする指先の荒れゐしを眠りの際にまざと思ひ出す

白薔薇

誰をよぶ涼しきこゑか晩秋のゆふぐれの庭にジョウビタキ啼く

おほぞらは穴あくやうなひもじさか風花ふはりと空を漂ふ

牡丹雪、練炭炬燵、七ならべ、祖母が大切の消し炭の壺

錆びたるも打ち伏す花も描き入れてゴッホ「白薔薇」風と戯る

亡き友の短歌（うた）憶ひつつ津軽路に林檎のはなを見て帰りたり

金色の胸羽うつくしきジョウビタキはろばろと来てはろばろと去る

ニジイロクワガタ

辛いのは生きてゐるから群れなしてウユニ塩湖のフラミンゴたち

梅雨ぞらのひかりの裏よりあらはれて番ひの雉が走り出て来る

背中ぢゆう初夏のひかりを遊ばせてニジイロクワガタ市場に売らる

にんげんの皮膚いちまいのカンバスに死んだら消えるタトゥー一片

難病の友が堪へゐる冬の夜は窓から見える月を伝へあふ

雷鳴

蓮ひらく池に緋鯉の背びれ見ゆいま極楽のまんなかあたり

この家のあるじの気鬱を糧としてひそかに蔓が庭奪ひとる

向日葵に笑顔がすこし負けてゐた幼いころの吾子が写真に

樹の陰の古井戸の辺にはためきて羽黒蜻蛉はきのふの欠片

雷鳴を聴き分けてゐるにんげんも犬も仔山羊も麦の穂先も

天空の朝焼け映す水張田の縁を歩めばこの身あやふし

寂しくはないはずなのに月と日と雲雀と麦の道をかへれば

野萱草のはな

最北に蝦夷山桜の花咲けば列島すこし背筋のばさむ

生きてゐれば腫瘍も癌もみつかるさキャベツに虫と虫喰ひの痕

餓死をするいのちあふれる地上にはかがやくだらう日と月と星

天空から零れ落ちたか野のなかに黄昏いろの野萱草のはな

わづか弧を描きて海の水平が永遠のやうに今日をしづめる

山国の橋

この世とはまぶしい夢か雪の日の雛の覆ひを解いてをれば

花の芽の疼く旬日うつくしき雛ならべをり亡き母のため

海沿ひの無人の駅にさくら咲き母ゐるごとく祖母あるごとし

前の世もここに出逢ひをせしやうな夕映えながき山国の橋

（大分県中津市山国大橋）

画面には難民の列その中に子を抱くわれも紛れてをらむ

白い月刃こぼれながら懸かりたり生きがたき世の比喩のごとくに

跋

花山　多佳子

祐徳美恵子さんが作歌の長い中断ののち「塔」に復帰したのは二〇一二年である。祐徳さんは京都の大学に在学中の一九七三年、十九歳で塔に入会し、一九八〇年代から九〇年代にかけて、塔のホープとして歌や文章を発表していた。塔での女性興隆時代でもあったから、彼女とその時代の熱気は私には一つに重なって思い出される。その祐徳さんが塔を去ったことは当時おどろきであったし、彼女はいつか戻ってくるだろう、と言われていた。そう願うきもちをみんな共有していたのである。

二十年余の歳月を経ての祐徳さんの復帰はほんとうにうれしいことだった。そして今回、こうして歌集が出ることになったのは、つくづくと感慨が深い。

「あとがき」には、仕事と介護に疲れ自分を見失いかけた時期にふたたび短歌を詠み始めた、とある。余裕ができての再開ではなかった。最も余裕がなく辛いときに短歌を求めたのだと、胸をつかれる思いだった。さらに「あとがき」には、約一二〇〇首のなかから選んだとある。収録数は二九〇首。ずいぶん厳選している。ここに祐徳美恵子らしい潔癖さが思われる。

給油所にアポロンのロゴまだ残り海辺の町はゆふぐれの底
夏草を刈りしひと日の夜の湯に射干のひとひら髪より落つる

廃校に松葉海蘭萌えたちてひかりのなかにさざなみとなる
庭樹々のふかい碧さに生れ出でて姫鍬形が玉のごとくゐる

初めの数ページで珠玉のうつくしい歌がいくつも目に飛び込んでくる。海辺の町の「アポロンのロゴ」のなつかしい情感。夜の湯に髪からおちるのは「射干」のはなびら。さくらとかではなく。ひっそりと木陰に咲く花だ。廃校に萌えているのも「松葉海蘭」。この野草はわたしの住む関東ではあまり見かけないが、広島だったかで見たことがあった。蘭ではないが細い茎にうすむらさきの小花がうつくしい。「海蘭」という名が「さざなみ」とひびきあう。「姫鍬形」もそうだけれど、身のめぐりのささやかな植物、生き物が、歌のなかではあたかも光源のように歌い上げられていて、日常からのカタルシスを感じさせる。

うつくしい歌に並んで、また異なる趣きの歌が屹立している。たとえば「松葉海蘭」の前後はこんな歌である。

権力が捩ぢ伏せてゆく息遣ひ迫りてきこゆ黄砂の向から
廃校に松葉海蘭萌えたちてひかりのなかにさざなみとなる

どの旅も終はりはきつとやつてくる黄蝶は土の匂ひ嗅ぎながら

一首目の「権力」という言葉、それを「息遣ひ」と詠うところに生々しさがある。祐徳さんは福岡県の人なので、黄砂の向こうはリアルに近く感じられるのだろう、そういう切迫感がまざまざと捉えられている。

三首目の「どの旅も終はりはきつとやつてくる」という普遍的な感慨に、黄蝶が「土の匂ひ嗅ぎながら」というリアルな生のつなげかたは独特だと思う。蝶という飛ぶものでありながら土と接する、そのさまに「旅」が重ねられるのだ。

廃校の松葉海蘭の歌も、ここに置かれて、時の流れの心象風景のような寂しさを帯びてくる。

庭樹々のふかい碧さに生れ出でて姫鍬形が玉のごとくゐる
蟻塚を壊してをれば驚いた蟻がしばらく砂に揉みあふ
岩肌に取りついてゐる抜け殻は乾ききりたり戦死者のごと
戦場のウクライナの子のまなざしが世界の記憶となりてゆく春
ひとつかみ山椒の実を漬けておくひそかな夏の火薬のやうに

前半には「夏の火薬」という章があって、ユニークな一連である。先の「姫鍬形が玉のごとくゐる」という美しい冒頭歌から、一転、蟻塚を壊しながら蟻の「しばらく砂に揉みあふ」さまを凝視している。加害者の視線である。次には蝉の抜け殻に「戦死者」が連想され、ウクライナの二首を挟んで、最後の歌が「夏の火薬」である。「山椒の実を漬けておく」というごくささやかな厨ごとが「火薬」という言葉に突如結びつくのだ。日常の嘱目から、この地上の傷み、悲惨、現代の危機へと想念が動いていく、作者のメンタル的な特徴が鮮明に発揮されていて、読みごたえがある。

先のこと分からぬわれと今日のこと分からぬ母が桃を分け合ふ
問はれれば謎に墜ちゆく母とゐてここより他に行く処なし
寝たきりになりたる母は唐突に「連れていつて」が口癖になる
痙攣が母を貫き終はるまで抱き留めてをり腕と其のいのち
覚め際のすこし冷たい左肩がしづかに亡母と話してゐたり

作者は十年にわたり母の介護の日々であった。その頃から再び短歌を詠み始めたわけだが、介護の具体はほとんど詠まれていない。二人だけの世界が抽出されている。もう記憶のほとんどない母と娘はともに過ごしても違う世界の人であろう。「今」を失っている母と、「今」を逃れられない娘。その悲哀が謐かに胸を打ってくる。だからこそ、最後の別れでの全身の抱き留めに、身体をぶつかり合わせて愛を刻印したような達成感さえ感じさせられる。

五首目が「左肩がしづかに」という歌集のタイトルになった歌である。左肩が亡き母と話している、とてもふしぎな感覚におどろく。からだが、それも肩が話す。そこに対話を感じる。こういう表現を見たことがない。覚め際にふともたらされた意識と無意識のあわいの感覚といってもいいかもしれない。

歌集の後半に「くちなは」という章があって、ここにも亡き母が詠まれる。

夕映えの遥かな声に呼びだされうつとりとゐるわれとくちなは
秋天に稲穂はすべて刈り取られわがしろがねの蛇見当たらず
しろがねのあのくちなはは失ひし我が亡母(はは)ならむおつとりとゐて

三首とも蛇への親和性がこの上なくあり、大の蛇嫌いのわたしもそれを一瞬わすれるほどだった。蛇が見当たらないことで、それは母だったのだろう、と思う。「おつとりとゐて」とあたたかみさえ感じられる。蛇は地を這うものであり、どこかしら地母神のような民俗信仰にもつながっているような気がする。「しろがねの蛇」というものへの喪失感が、母を亡くしたことで抽きだされてくるのだ。

火が問へば闇はじくじくと応じつつ神楽がつづく歳晩の夜
あるだけの米しみしみと磨ぎてゐる山頭火をらむ月あかき夜は

こういう歌にも民俗的なメンタリティーが脈打っているように思われた。「闇はじくじくと応じつつ」の「じくじく」。特異なオノマトペだ。闇がなまものとして息づいている。次の歌の「しみしみ」は「沁み沁み」だろうが、いわゆる「しみじみ」ではない、切実に「しみしみ」と米を研いでいる山頭火のからだが感じられるのだ。「山頭火」の字面や意味も「月あかき夜」とあいまって、どこか民話のような場面をつくりだしている。

餓死をするいのちあふれる地上にはかがやくだらう日と月と星
白い月刃こぼれながら懸かりたり生きがたき世の比喩のごとくに

歌集の終わりころにある二首は、地上の飢餓や、いのちの生きがたさを天上が俯瞰するような神話的なスケール感がある。歌集には月の歌が多いが「生きがたき世の比喩」として、その形象を表しているようだ。

最後に、冒頭に置かれた一首をあげたい。

　手放すは安らぎならむ裸木がゆふおほぞらの彩雲を抱く

ゆったりと大きくうたう「手放すことは安らぎならむ」という想念がカタルシスをもたらす。彩雲を抱く裸木こそ作者であり、又、だれしもに重なってくる。『左肩がしづかに』一冊を読み終えるとき、この集一冊が手渡してくれるメッセージ、ひいては、歌というもののもつ遥かな癒しの力を思わされるのだ。

あとがき

この歌集は私の初めての歌集となります。大学在学中に「塔」の歌会に参加させていただく機会を得、高校の国語の教科書にリルケの詩の翻訳者として紹介されていた高安國世先生に入門をお願いしたのは十九歳の時でした。ずいぶん昔のことです。その当時の十数年分の作品は今回収録しておりません。その後、長い中断の時期を挟み、「塔」に再入会し、再び短歌を詠みはじめました二〇一二年から二〇二三年にいたる約十年間の作品約一二〇〇首のうち、「塔」の選歌を受けた作品を中心に改作、未発表作も含めて約二九〇首を収録しました。

振り返ってみますと、再入会の時期は仕事と介護の日々に疲れ、自分を見失いかけていた時期であり、足元から自分を取り戻したいという思いで短歌を再び詠み始めました。当時、田舎暮らしの私のまわりにあったのは、それまであまり気にもかけなかった昆虫や鳥、それぞれの匂いや色彩を放つ樹々や花、いつも同じ場所にあるけれど、変化し已まない山河や空などなど、改めて気付かされ、魅了され、人生を彩る大切なものになりました。

また、十年以上にわたる母の介護は、短歌に詠むことで改めて母と、そして自分にも出会いなおす契機となったように思います。こうした事情からとりわけ母に纏わる作品が多くを占めることになりました。歌集『左肩がしづかに』は、亡き母との無意識レベルでの対話、肉体感覚を通して知覚される対話の経験から名付けました。
　加えて、ここ数年来の厳しい世界の状況は、日常の感覚が根底から揺さぶられることとなり、地方に住む身にも波及してくる辛さ、悲しさも作歌の端緒となりました。
　最後にこの歌集を纏めるにあたって気付いたことは、短歌を中断していた時期、闘病と仕事の両立という個人的にとても苦しかった時期にも拘わらず、当時のことは霞んではっきりと思い起こされないことです。
　人生の後半になって再び短歌に詠み取ってきた作品に、私は確かな濃密さを感じます。その事を幸せと思うと同時に、「塔」短歌会の今は亡き先輩歌人の皆様、並びに会員、友人の皆様からつねに温かい励ましを頂いたお蔭と、心から感謝とお礼を申し上げます。また、入門時からの先輩歌人である永田和宏様に帯文を、同じく花山多佳子様に跋文を頂いたこと重ねてお礼申し上げます。
　出版に際しましては、青磁社の永田淳様、装幀を花山周子様に大変お世話になりました。厚くお礼を申し上げます。

二〇二三年五月三十一日

祐徳　美惠子

著者略歴

祐德 美恵子（ゆうとく みえこ）

1953年　福岡県に生まれる。
1972年　京都女子大学在学中に、高安國世主宰「塔」に入会。
1982年　第28回角川短歌賞次席。
1992年　塾講師を経て高校教員として働き始める。
2012年　「塔」再入会。現在に至る。

歌集　左肩がしづかに

塔21世紀叢書第433篇

初版発行日　二〇二三年八月二十六日
著　者　祐德美恵子
福岡県築上郡上毛町大字成恒五二七（〒八七一―〇九〇一）
定　価　二五〇〇円
発行者　永田　淳
発行所　青磁社
京都市北区上賀茂豊田町四〇―一（〒六〇三―八〇四五）
電話　〇七五―七〇五―二八三八
振替　〇〇九四〇―二―一二四二二四
https://seijisya.com
印刷・製本　創栄図書印刷

ISBN978-4-86198-565-2 C0092 ¥2500E